Gerda Brömel:
Vun wat Fruunslüüd dröömt
un annere Vertellen

Vun wat
Fruunslüüd dröömt
un
annere Vertellen

Gerda Brömel

Gerda Brömel lebt in Mönkeberg bei Kiel.
Weitere (hochdeutsche) Titel der Autorin:

Aus dem Takt gekommen – [Kiel-Krimi]

Eine Frau in den *zweit*besten Jahren
 – Geschichten um Luise-Marie –

Eine Frau in den *zweit*besten Jahren (2)
 – *Neue* Geschichten um Luise-Marie … u a. –

Farbeffekte – *Kuriose* Geschichten & Limericks

Das Limit – Ausgrenzungen / Eingrenzungen
[Kurzgeschichten]

Begegnungen unterwegs, [Reisegeschichten]

Auf der Schaukel – Kindheitsbilder 1936 – 1945

ISBN 9783837042573

Herstellung und Verlag:
Books on Demand GmbH, Norderstedt

Inhalt

Vun wat Fruunslüüd dröömt

Vunnamiddag is Häkelbüdelklub anseggt. Siet Johr un Dag sitt Karla, Inge un Lore jedeen Maand den tweeten Dingsdag to 'n Häkeln tohoop. Aver egentlich snackt se bloots de ganze Tid, to den ollen Prüünkraam hebbt se keen Lust mehr, siet Karla dat mit de Schuller hett un Inge mit de Oogen. Lore is jümmers noch krall, man se hett ehr Leevdag nich häkeln kunnt, dorför is se bannig fix mit ehr Snöterwark. Hüüt hebbt se dat Thema »Mannslüüd« bi'n Wickel. Lore is böös in de Brass. Rudi harr ehr wedder schoolmestert, un so wat kann se op'n Dood nich af! Ehr Fründinnen kiekt dorüm teemlich verbaast, as se miteens Karla fraagt:

»Segg mal, wannehr weer dat denn bi di dat eerste Mal?«

»Woso wullt du dat nu weeten? Is dat 'n nie'es Kwiss? Du kickst woll ook all de Privaten mit ehr Swienkraam-Talkschoos?«, stichelt Karla. »Un dorvun af«, seggt se, »dat eerste Mal is al fofftig Johr her un weer reinweg 'n Truurspeel. He wuss nich genau, wo dat geiht, un ik harr doch eerst recht keen Ahnen! Dor mag ik gor nich an trüchdenken!« Se simmeleert een Momang: »Mutt mi doch woll wunnern, dat ik nich een för alle Mal de Nees vull harr vun de dore Saak!«

»Also, wenn du mi fraagst«, röppt Inge, »dat eerste Mal – dat weet ik noch, as weer dat güstern west! Dat weer een vun düsse lummerigen Juli-Avenden. Egon harr mi to 'n Radtour afhaalt un jichenswenn verpuusten wi 'n beten achter'n Knick, he harr de Plättdeek vun sien Mudder op de Eer uutbreedt. De Vullmaand steeg suutje över de Wischen op un sehg ut as 'n groot Appelsien ... wiet un siet bloots wi beid ... nee«, grient se, »wo so wat denn op utlopen deit, dat bruuk ik ju woll nich lang verposamenteren. Achteran hebbt wi denn noch 'n Zigarett smöökt, dat weer ook mien eerste. – Düsse Sommer ...«, smuustert se vör sik hen, »vun dor af an ...«

»... smöökst du to veel!«, triezt Karla ehr, »Rauchen schadet der Gesundheit!«

»Wokeen snackt denn vun't Smöken? Dor kunn ik stantepe vun laten! Nee, siet de Tiet ... jümmers bi Vullmaand, dor kümmt dat so över mi ... ik weet ook nich, woso ...«

»Is doch allens Tüdelkraam«, meent Lore, »dat dore Dummtüüch vun Maandschien un sünst wat! Mi intresseert wat ganz anners: Wannehr hebbt ji beid dat eerste Mal an 't ... Afmurksen dacht? Den Ool bi ju tohuus, meen ik. Bi mi weer dat akraat teihn Weken na de Hochtiet!«

»Man Lore!« Karla un Inge sünd heel un deel verjaagt: »Versünn di nich!«

»Ja, un wenn ji dat op'n Prick weten wüllt«, verkloort de Fründin, »betherto hett Rudi man nix as Dusel hatt! Mit sien Klooksnackerie geiht he mi so gräsig op'n Geist, dat ik mi af un an glatt vergeten kunn!«

»Aver glieks afmurksen?«, fraagt Karla. »Ik heff ook mennichmal Lust, Giezknüppel Walter 'n beten wat to piesacken, em 'n gammeliges Stück Fleesch vörtosetten, dat he dor ornlich Buukweh vun kriggt!«

»Un ik«, Inge is jüst wedder wat infullen, »ik heff Egon in mien Raasch meist mal de Kellertrepp rünnerstött. Dat weer, as düsse Briet mi mit mien nie'en Hoot utlacht hett!«

»So'n Keerl stilkens üm de Eck spederen, is nu wohrhaftig keen horige Saak«, verkloort Lore, »de Mannslüüd sünd so wat vun dösig, de kaamt gor nich op de Idee, dat se all de Ehejohrn bloots dörch Tofall överleevt hebbt!«

»Dörfst di dor aver nich bi tofaten kriegen laten«, wohrschuut Karla.

»Och, wat!«, gifft Lore ehr Bescheed. »Musst bloots den Fön gau wedder ruuthalen ut de Wann, achteran, wenn em de Slag drapen hett! Dien Grips musst woll tosamenholen, un ook an denken, nahsten de Sekerung wedder rintodreihen! Orrer musst de Giftpillen glieks wegsmieten, wenn du em op de ooltbacksch Method dootmaakt hest! Dor kümmt nix na, dor kannst op af! Hest di denn nich al wunnert, dat sik dor buten veel mehr Weetfruuns rümdrievt as Weetmänn? Denk mal över na!«

»Glöövst du«, Inge is wieldes ganz wittsnutig worrn, »glöövst du wohraftig, all düsse Fruunslüüd hebbt so wat daan?«

»All woll nich«, meent Lore, »man förwiss de een orrer de anner.«

»Un worüm is dien Rudi jümmers noch so kregel?«, fraagt Karla 'n Spier achtersinnig.

»Dat will ik di geern verraden«, antert Lore, »ik sülven do dat op de ganz sachte Oort un Wies.«

»Un wo geiht de?«, will Karla nu weten.

»Ik sabbel em bilütten doot!«

Aus: »Dat eerste Mal«
Herausgegeben vom NDR
2000 Wachholtz Verlag Neumünster

Abdruck mit freundlicher Genehmigung
des Verlags

Opa Franz simmeleert

Denn man to«, seggt Opa Franz. He nimmt noch'n letzten Tog un pafft 'n poormal. Denn kloppt he sien Piep an'n olen Blechammer ut un geiht rin na de Waahnstuuv. Oma Liesbeth röppt al, dor buten op de Terrass verköhlt he sik noch! Se hett sien Smööken böös op 'n Kieker, dat is Gift för em un he schall dor endlich mal vun laten. Nee, dat will he nu afsluuts nich. Al gor nich, wenn Liesbeth dat seggen deit. Könen kann he dat foorts, man wüllen will he nich. So is dat!

Oma Liesbeth hett dat jo siet Johr un Dag mit de Gesundheit. Dat güng los mit gröönen Tee, denn gifft dat bloots noch Vullkornbrot mit Margarine un Magerquark, Fleesch is op mal ungesund, een krossen Braden maakt süük, de Fisch sünd vull Quecksülver, Höhner vull Hormone un de Köh sünd all tumpig worrn. Nu kaakt Liesbeth bloots noch veegtorisch in een Wokpott. Kannst di gor nich utdenken, wat ehr Mann al an Spinat un anner Grööntüüch in sik rinstoppen müss! Aver dat mit de besünners gesunne Spinat is jo nu vörbi. Dor weer een Rekenfehler bin, se harrn glatt een Komma vertuuscht!

»Sühst woll, Liesbeth«, seggt he, as he dor in't Keesblatt vun leest, »ümdreiht kümmt dat sachts ook mit dat Smöken! Eentweedree mööt se togeven, se harrn sik verrekent un Smöken deit di gor nix! Nich ümsünst heet dat doch: Goot rökert höllt sik länger – orrer?«

Oma Liesbeth nippt an ehr gesunne Roibostee un schüddkoppt:

»Wat snackst du bloots wedder för 'n Dummtüüch, Franz! Di is wohraftig nich to hölpen!«

Fröher hett se jo ook geern mal 'n Zigarett smöökt, man dat is lang vörbi, un hüüt will se dor nix mehr vun weeten. Aver Opa Franz mutt nu jümmers vör de Döör, wenn he een Jieper na sien Knösel kriegen deit. Mit de Tiet hett he sik dor nu wennt an, he is jo geern an de frischen Luft. He geiht denn 'n Stück dörch dat Dörp un snackt mit de un mit den. He hett sik dat mal utrekent: Bi sien Ratschoon vun achtunhalf Piepen is he Dag för Dag so üm un bi veer Stünn un fiefuntwintig Minuten buten! Un dat deit em bannig goot, he hett rode Backen kregen un ook sien Rieten in de Schuller is beter worrn.

De letzte Piep mutt he jümmers vör 't Tobettgahn hebben. Un so is he ook nachtens ünnerwegens. Denn is he ganz alleen op de Straat. He denkt, ik bün nu op de Wach för de Naverslüüd, de al slaapen deit. Aver bi Nacht nimmt he beter Liesbeth ehrn Handstock mit. De is för de Inbreker wat op de Jack to haun, wenn so een mal in 't Dörp kamen deit.

Bi Nacht so üm ölven rüm sünd all Finstern düüster. Bloots bi Lisa is noch Licht in de Köök. Opa Franz weet, se kann slecht slapen. Se quält sik üm ehr Jung, de is op de scheve Bahn kamen. De lütt Fru kann di recht wat duern, denkt Opa Franz, aver kannst jo ook nich bi hölpen.

Wieldes stiggt he suutje den Footpadd rop un steiht nu baven op de Klint. An düsse

Steed smöökt he jümmers sien letzte Piep. Vunavend hett he een beten Möh, dat Ding in Gang to kriegen, so dicht an'e Oostsee puust dat ornlich.

Dorbi is dat een kloore Nacht. Opa Franz söcht Steernbiller: Jo, de Orion is ook alwedder dor, nu geiht dat Johr denn bald to Enn. Balkendüüster warrt dat an de See jo nie: Enkelte Bülgen blinken witt op 't Water un op de anner Siet vun de Förd liggt de Waterkant as een swatte, scharp afzirkelt Schadden vör den helleren Heven. Een Fischkutter tuckert ünnen de Klint lang. De fohrt wiss ruut op Fang, för em is de Nacht al vörbi. Wiet buten an de Kimm treckt een Containership sien Weg, een Nachtvagel röppt un de poor windscheve Bööm an de Kliffkant ruuscht liesen. Opa Franz geiht dat Hart op: Wo is dat doch schön! Unvermodens mutt he an sien Liesbeth denken, meist sösstig Johrn hett se dat nu mit em uthollen. Un he mit ehr. Is aver doch 'n gode Tiet west. Un denn denkt he: Solang mi de ol Piep noch smecken deit … Tofreden pafft he vör sik hen.

Miteens hett he een afsünnerliche Idee:

Wenn nu de Böversten in de Welt ook mal een Piep smöken doot, to'n Bispill vör een wichtigen Regeerungssaak, un sik dor 'n beten Roh för günnen … Denn warrt se doch woll recht wat verdreeglicher, villicht sogor tofreden? Un kloker? Mag ween, se hebbt denn gor keen Menen mehr, een Krieg in Gang to bringen orrer sünst wat Unbedacht to doon! Dat Unheel op de Welt, simmeleert Opa Franz, kümmt dor wiss ook vun, dat allens jümmers gau gahn mutt. Se överleggt nich richtig un batz is een böös Malöör passeert! Jo, harr ik dat Seggen – man bi düsse kruusen Gedanken mutt he över sik sülven schüddkoppen –, denn wull ik se all een Piep verornen! He stellt sik vör, wo dat woll utseihn deit: Bi een Tippdrapen pafft all Staatsbasen tofreden ehrn Knösel!

Nee, dat geiht jo gor nich, fallt em miteens in, Smöken is nu doch överall verbaden! Man am Enn schüht doch noch een Wunner un dat kümmt so as bi den Spinat un de Rekenfehler? Hüdigendaags is dat jo licht to, wo däämliche Reekners all de Arbeit maken doot. Un mit 'nmal heet dat denn sogor: »Rauchen ist gesund!« Dat weer wat …

Aver as dat nu so orrer so kamen deit, simmeleert Opa Franz, mien Spazeergäng an de frischen Luft maak ik liekers. Tominnst teihn Johren noch. Bet an mien hunnertsten Geboortsdag. Denn man to.

Nich to glöven!

Feierabend!«, röppt de Fru an 't annere Enn vun 't Telefon.

Al Fieravend? Dat is doch woll gediegen! De Klock is nu eerst namiddags halvig twee!

»Villicht geiht dat morrns al Klock fief los in de dore Verlag!«, meent Heiner. »Kannst denn weten, wo verdreiht de Lüüd dor achtern in Berlin sünd?«

Heiner hett jüst de drütte Patschoon Brummelbeermarmelad opsett un verpuust sik för 'n Momang in mien Dichterstuuv. He hett sik mien gröttste Schört ümtüdert un ook de is em noch veel to lütt. Mit sien rode, afmaracht Gesicht duert he mi nu meist doch 'n beten. Aver vör Johrstiet hebbt wi beid een kloren Verdrag maakt: Wieldes ik mien Book schrieven do, speelt he de Huushöllersch.

»Dat beten Huusarbeit maak ik mit links«, hett he prahlt, »sett du di man an dien Kumpuder un denk di 'n fein Geschicht ut!«

Ik kreeg noch eben mit, wat he achteran liesen in sien Bart brummeln dä un dorbi schüddkopp:

»Wenn du denn mit dien Sössunsöventig afsluuts noch ünner de Schrieverslüüd gahn muttst!«

Nu is mien Roman fardig un liggt al bi den Verlag – bi den mit den tiedigen Fieravend. Ik överlegg, wat woll dree Weeken langen doot, bet se dat Book dörchleest hebbt. Heiner hett dor jo bloots een Dag un een Nacht för bruukt. Bloots achterna hett he mi jümmers so snaaksch vun de Siet ankeken. Bet he dor batz mit ruutkeem:

»Heff jo gor nich wusst, wat för een lichtfardig Fruunsminsch du büst mit all dien veelen Leefsten!«

»Man Heiner«, verkloor ik em, »de Elvira in mien Roman – dat bün ik doch nich sülven! Dat is een rein Fantasiefigur, de heff ik mi utdacht! Un denn muttst ook weten: Een moderne Roman kümmt ohn düssen leidigen Sexkram jo gor nich ut! Ik heff de Bestsellerbökers studeert: Ünner dree bet fief Leefsten un all dat Dörchenanner, wat dor tohört, kümmst nich bi weg! Ohn sowat hest du null Schangs bi'n Lektor! Dor kannst op af!«

»Aver muttst du denn all düsse slechten Wöör bruken?«, fraagt he. »Ik kann mi afsluuts nich utdenken, wo du de woll all herweten deist!«

»Jo …, nu …«, anter ik, »de heff ik mi all anleest, nich ümsünst heet dat doch: Lesen bildet! Bloots, dat kannst mi glöven, 'n rein Vergnögen weer dat wohraftig nich!«

An den annern Dag bimmel ik wedder an bi den Verlag. Düttmal Klock teihn, dor sünd se woll al dörch mit ehr Koffiestünn un noch nich bi 't Middag.

»Feierabend!«, bölkt de Fru in 't Telefon – akkerat as güstern.

Ohaueha, dat weer jo recht wat düütlich! Meist fallt mi de Hörer ut de Hand, so heff ik mi verjagt! Woso hebbt se bloots al wedder Fieravend? Ik warr dor nich klook ut! Man –

mag ween, se mööt wurachen as dull, un de Fru is al fix un fardig mit ehr Nierven? So as domals Schoolmeester Möller uns unnasch Gören männichmal utschellt hett: »Kinder, nun ist aber Feierabend!«?

Heiner överleggt, amenn heet de Fru ook Elvira un is nu böös gnatzig, wo de Roman-Elvira doch so 'n lichtfardig Wiev is.

Dat glööv ik meist nich – wokeen heet hüdigendaags denn woll noch Elvira? Mi dücht, de Fru in den Verlag is dat allens 'n beten över 'n Kopp wussen. Een mutt sik dat mal vörstellen: Dat ganze dumm Tüüch vun den annern Schrieverslüüd, dat se Dag för Dag dörchlesen mutt! Dor kann een ehr nich verdenken, dat se op 't letzt de Nees vullhett un an nix anners luert as op'n Fieravend!

Liekers versök ik dat vundaag dat drütte Mal bi den Verlag. Nu meld sik so een jung Keerl, de hett vun nix een Ahnen. Aver am Enn kann ik em doch mit veel Möh ut'nannerpulen, dat ik jo bloots weten wull, wannehr se denn nu mien Bestseller ruutbringen doot!

Dor hett he sülven nix mit to kriegen, vertellt he, un dat deit em ook bannig leed. Aver wenn ik villicht in een Stünnstiet wedder anropen wull, meent he fründlich.

Un denn seggt he noch:

»Um die Zeit ist auch die Frau Feierabend wieder da!«

Een Alldagsgeschicht

Lena kann un kann dat nich mehr uthaaln! Se presst ehr lütt Hänn op de Ohrn. Man liekers höört se Papa schimpen un Mama wenen. Ehr Hart sleit as dull. Verdreeg jüm doch wedder! Worüm is miteens bloots allens so anners worrn! Nu klappt de Huusdöör un denn huult dat Auto op. Papa, hest du ganz vergeten, dat du mi noch 'n Geschicht vörlesen wullst?

Lena kickt över de Kant vun 't Hochbett. Ünnen slöppt ehr Broder. Wo lütt he utsüht mit sien kotte Stoppelhoor un de roden Backen! cken!

»Arne, büst du waak?« Lena föhlt sik so alleen. »Arne, wullt du nich 'n beten ropkamen na mi?«

Aver ehr Broder dreiht sik üm un süüfzt in

Droom. Lena leggt sik trüch un drückt Teddy an ehr Boss:

»Du hest mi doch leev, nich mien Teddy?«

Allens gung dormit los, dat Papa op Mal keen Arbeit mehr harr. Eerst harrn Arne un se sik dor noch freit över. Hett he nu nich jümmers veel Tiet? Nu köönt se doch all fein mit'anner spelen! Aver Papa gnegelt meisttiets rüm, se schüllt em in Roh laten un liesen ween. Dorbi maakt Mama un Papa sülven Krach! Egalweg vertöörnen se sik, knallen mit de Dören un am Enn bruust een vun den beiden af.

Arne fangt denn jümmers an to blarrn. He meent, Mama un Papa hebbt ehr Kinner vergeten un lat se am Enn alleen trüch in 't Huus! »Lena«, wo faken he dat fraagen deit!, »se verdregen sik doch wedder? Segg, Lena, allens kümmt wedder in de Reeg, nich? Bitte, Lena, bitte!« – »Ja«, mutt se em denn begööschen, he is ja eerst veer un Lena al twee Johrn öller, »allens warrt wedder goot, tööv man af!« Aver ehr sülven is doch liekers bang üm 't Hart!

Arne glöövt, dat is sien Schuld, wenn de

24

Öllern in eensweg Striet hebbt. Wo em im Slaap 'n poormal wedder 'n böös Malöör passeert weer! Mama hett sik dor bannig över opreegt un Papa hett schimpt, se dä sik nich noog kümmern üm ehr Kinner.

Aver Lena weet nip un nau, ganz alleen se is Schuld. Dorbi hett se dat doch goot meent, as se annerdaags Koffie kaakt un dat Fröhstück trechtmaakt hett. Dat de Öllern mal utslaapen köönt. Man denn is ehr de swoore Kann ut den Hänn fullen – de hele Koffie op'n nie'n Teppich! »Dat is to veel för mi!«, hett Mama röppt, »ik dreih noch mal dörch mit düsse Gören!« Un denn hett se sik inslaten in de Slaapstuuv un is dor binnen bleven – Stünn um Stünn! Papa hett Lena 'n Backs haut: »Sühst nu, wat du uutfreten hest, du verdreihte Deern?«

Sülvigen Dags snack Arne miteens vun 't Wegloopen, he pack al de Teebuddel un dat Plüschkanink in sien lütten Rucksack. Villicht schüllt se wohraftig utnein? Denn kriegt Mama un Papa ornlich Bang un se köönt mal beleven, wo dat is ohn ehr Kinner!

Vunmorgen is dat nu so wiet. Lena weet al, wo se un ehr lütt Broder sik versteken könen: In 'n Goorn vun den Naver steiht 'n Schuppen, wo he nienich hengeiht.

Se rüttelt ehrn Broder waak.

»Dien Rucksack, Arne!«, swiestert se. He is noch gor nich ganz bi sik. Liesen maakt se dat Finster op un stellt de Ledder vun 't Hochbett buten an de Muur. »Kumm fix, Arne, ik haal di ook fast!«

So tiedig is sünst nüms ünnerwegens. Gau loopt de Kinner röver na 'n Schuppen un treckt denn de swore Döör achter sik to.

»Sünd hier ook keen Müüs, Lena?«

Wat is Arne doch för 'n lütt Bangbüx!

»Un Spinnen?«

»Nee, Arne, de sünd all wegloopen.«

Böös koolt is dat hier binnen. Lena haalt de Todeek vun ehrn Poppenwagen ut Arne sien Rucksack. De hölpt 'n beten, wenn se beid dicht tosomenkrüppt. Dörch de Bretterritzen vun den Schuppen luert se, wat denn nu woll passeren deit. Lang bruukt se nich töven. Mama steiht heel verbiestert an 't apen Finster vun de Kinnerstuuv. Un denn kümmt dor ook

Papa noch to.

»Lena! Arne!«, roopt se nu, een üm 't annere Mal, »Lena! Arne!«

Un jümmers wedder un jümmers een Spier luder.

De Kinner seggt keen Mucks.

»Bliev still, Arne!«

Mama un Papa schüllt düchtig Bang kriegen. Bang, dat ehr Kinner nich mehr tohuus bleven möögt. Bang, dat se villicht al doot bleven sünd! Worüm schimpen se denn ook jümmers mit'nanner! Un worüm hett Papa Lena 'n Backs haut! Sülven Schuld!

Arne fangt dat Blarrn an:

»Ik will na Mama hen!«

»Noch nich, Arne, later. Swieg still!«

Lena drückt ehrn Kopp an de Bretterwand un pliert dörch de Ritzen. De Öllern staht in'n Goorn – nich mehr as dree Schritt af vun den Schuppen. Mama weent un wischt sik de Tranen af. Papa leggt sien Arm üm ehr Schuller. Dat hett he al lang nich mehr daan.

»Muttst nich trurig ween, mien Deern«, seggt he, »wiss is uns Kinner nix Böös tostött!«

»Oh, weer dat man so! Wat heff ik mi doch

versünnigt an de beid! Heff jümmers bloots uns eegen Noot in'n Kopp hatt un dor ganz bi vergeten, wo se woll tomoot ween möögt!«

»Hatschi!«

»Still doch, Arne!«

Papa schuult na den Schuppen, as kunn he dörch de Wänn kieken. He drückt Mama een Sööten op.

»Un du schast weten«, seggt he luut, »eens is mal kloor: Ik bliev jümmers bi di un Lena un Arne, min lütt Familie. Wo kann ik ook anners, wo ik jüm all doch so leef heff!«

»Luuster, Arne! Sühst woll?«

De Kinner drückt ehr Nees platt an de Bretterwand. Mama kickt nu ook na 'n Schuppen un smuustert. Se leggt den Kopp an Papa sien Boss un seggt:

»Och nee ook, wat sünd wie beid doch bloots för Döösbaddel west!«

»Warrt nu allens goot?«, fraagt Arne liesen, un dorbi kickt he jümmers noch 'n beten angsthaftig.

»Ja, Arne, allens kümmt wedder in de Reeg! Heff ik di dat nich jümmers toseggt?«

Lena stemmt sik gegen de swore Schuppendöör:

»Nu loop du man gau na Mama un Papa hen! Ik kumm glieks achteran.« Se süüfzt liesen: »Een vun uns beid mutt hier ja kloor Schipp maken un allens wedder in dien Rucksack stoppen!«

Een Investitschoon
för 't Leven

Woso de beid doch noch to'nanner kamen dään, hett mit Erika ehr Verlööfnis to doon. Dat is nu al mehr as föfftig Johrn her, un domals weer 'n Verlööfnis jo noch 'n grote Familienfier.

Nu harrn Erika un ehr Brögam Heiner sik den Daag so utdacht: Namiddags Koffiedrinken mit de Familie, dat heet mit Modder, Vadder, Grootöllern, Medders, Unkels un de Naverslüüd. Laater, wenn de Olen denn all weg sünd, wullen de Bruutlüüd geern in de Wahnstuuv danzen mit ehr besten Frünnen. Dat weern Gretel un Max, Fritz un Gerlinde, Ruth un Walter, Renate un Kalle. Un – dat is jo woll kloor – Erika ehr lütt Süster Annelies. Man de weer to düsse Tiet solo. Se harr jüst

ehrn Fründ afserveert, as se ruutkriegen dä,
he harr blangenbi noch een anner Deern to
lopen. Un nu harr se eerstmal de Nees vull
vun Jungs un överhaupt vun al dat Tüün-
kraam mit Leev un so wieder.

Annelies weer söventeihn un 'n smucke
Deern. Männicheen Keerl steertjt üm ehr rüm,
Hannes hüür dor ook to. Jümmers wedder
probeer he dat bi ehr, man se wull nix vun
em weten.

»Kannst mi doch mal to 'n Schoolfest mit-
nahmen«, sä he.

»Nee«, anter Annelies, »dat geiht nich! Wat
schüllt denn de anner Deerns bloots vun mi
denken, wenn ik mit so 'n olen Knacker as di
dor ankaamen do!«

Hannes weer dreeuntwintig un harr al 'n
goden Posten bi de Spoorkass.

»Ik kann di doch geern mal bi Mathe höl-
pen«, versök he dat 'n annern Dag.

Dor wull se ook nix vun weten. Se weer 'n
beten bang vör em, wieldes he doch veel öller
un klöker weer as se.

Aver nu weer Annelies solo un dat hört sik
nich, meen Erika, tominnst nich bi ehr egen

Verlööfnisdanzvergnögen – dor müss een Danzherr ran! Hannes harr al fraagt, wat he ehr denn nich villicht ut de Bredullje hölpen dörv. Utrekent Hannes, wo ehr Süster em doch woll nich lieden mag! Op de annere Siet keem he ehr sülven goot topass, un danzen dä he jo ook ganz ornlich, am Enn sä Erika:

»Na, Hannes, denn man to!«

Wieldes weer nu de eerste Deel vun de Verlööfnisfier vörbi. De Olen weern weg, Annelies un ehr Modder harrn den Afwasch fardig un Modder sitt al to 'n Klöönsnack bi Fru Hansen in de ehr lütt Wahnung ünner 't Dack. Vadder weer ook goot ut 'n Weg. He bröch de Grootöllern mit de Stratenbahn na 'n Bahnhoff hen, dat se ook den richtigen Tog na Flensborg tofaten kregen.

De jung Lüüd schuuvt de Möbelns an de Wand un rullen den Teppich op. Erika müss sik wieldes 'n Momang verpuusten, se harr böös Pien in't Gesicht. Dat keem dorvun, meen se, dat een Bruut an ehrn Verlööfnisdag egaalweg fründlich grienen mutt un dat weer se jo gor nich wennt – tominnst nich Stünnen üm Stünnen – un nu dään ehr dor de Backen vun weh.

So, bilütten schull dat Danzvergnögen aver ook losgahn, Annelies müss bloots noch den Plattenspeeler vun 'n Böön halen.

»Tööv!«, sä Hannes gau, »ik hölp di bi 't Dregen!«

»Minsch«, wunner Heiner sik na 'n halvig Stünnstiet, »dat duert un duert! Wat maakt de beid denn bloots dor baven!«

»Laat se man«, anter Erika un strakel em sacht den Nack, »villicht mutt se sik jo wat vertelln.«

Un jüst so weer dat dor baven op 'n Böön – dat eerste Mal de beid ganz för sik alleen! Kloor doch müss Hannes Annelies stantepe wat vertelln! Un dat weer, wo bannig dull leef he ehr hett. Un Annelies vertell em, dat wüss se doch al lang. Jo, un se mag em ook woll geern lieden. Aver – is se denn meist nich noch veel to lütt un unbedarft för em?

»Nee«, anter he, »du büst akkerat de Rich-tige, dat weet ik nipp un nau! Un dat büst du nu un för all mien Leevdaag!«

So keem dat denn jüst to Erika un Heiner ehrn Verlööfnisdag to een twete Verlööfnis. Annelies un Hannes sään dor aver nix vun na, noch schull dor nüms wat vun afweten.

Dat is al lang her, man vundaag is nu wedder een grote Familienfier anseggt: Annelies un Hannes ehr Golln Hochtiet.

»Mien lütt golln Bruut«, seggt Hannes liesen, »ik heff di leef – jümmers: Güstern, hüüt un för all mien Leevdaag!«

»Ik di doch ook, mien ole Knacker!«, antert Annelies un drückt em fix 'n Sööten op.

»Dat ik Hannes domals för di as Danzherr utsöcht heff«, meent Erika nahdenkern, »dor bün ik hüüt noch richtig froh to! Eerst wull ik jo nich recht, man denn … Ik kunn de teihn Mark jo goot bruken.«

«Teihn Mark?«, wunnert sik ehr Süster. »Wo dat denn för?«

»Dat weer jo een Hupen Geld dortomal! Man Hannes wull doch to geern mit di danzen un köst dat ook teihn Mark! Dat weer Hannes de Saak woll weert! «

»Jo, wohraftig, so un nich anners is dat

west! Aver düsse Investitschoon«, smuuster-
grient de golln Brögam, »hett mi de best Ren-
dite bröcht! Een beteren Hannel heff ik all
mien Leevdag nich afslaten!«

»Dat is mal 'n Woort, mien leeve Swager!«,
seggt Erika un kriggt ehr Sektglas tofaaten,
»denn man Prost ji beid!«

Woso Elly Frisör
'n dubbelten Ökelnaam
kriegen dä

In uns Dörp heet de Lüüd Petersen, Hansen, Johannsen orrer Paulsen, un mehrstendeels heet se ook noch mit Vörnaam egaal, so as Peter, Marion, Hans, Elly orrer Paul. Kannst di woll denken, wat dat för 'n Kuddelmuddel un Verwesslungen gifft, wenn wi dor nich oppassen doot. Man mit de Tiet hebbt se all 'n Ökelnaam kregen, dat is ganz vun sülven so kamen. Peter Petersen heet to 'n Bispill Peter Buur, wieldes bloots he noch op 'n echten Buernsteed sitt. Den anner Peter Petersen nömen wi Peter Taxi – kannst di meist denken, worüm. Johann Hansen hett jo sien Hoff verköfft un 'n Schnellimbiss opmaakt. Wat meenst woll, wo he nu heten deit? Johann

Currywurst, is doch kloor. Un so gifft dat in uns Dörp 'n Masse snaaksche Ökelnaams: Marion Musik lehrt de Lütten de Blockfleut, Marion Pieks is uns Dokter, Paul Alarm de Böverste bi de Füürwehr, Paul Post uns Postbüdel un Peter Tatü uns Schandarm. Worüm Elly Frisör Elly Frisör heet, bruuk ik na düsse langen Vörreed woll nich eerst verkloren. Aver vun se mutt ik later noch mehr vertellen.

Mi nöömen se jo »Miss Marple«, un dor bün ik meist ook'n beten stolt op. Du muttst weten: Wenn ik nich vun morrns bit avends op mien Posten achter de Gardien sitten un de Dörpstraat kuntrulleren dä, denn wullt Peter Tatü männichmal recht wat dummerhaftig ut de Wäsch kieken!

Aver ik wull jo vun Elly Frisör vertellen. Verleden Johr hett se ehrn Laden dichtmaakt, un nu is se in 't Dörp ünnerwegens mit de groten Tasch, wo se dat Handwarkstüüch to 'n Hoorsnieden un so wat bin hett. Se mutt sik böös afmarachen, will se över de Runnen kamen mit ehr lütt Rent un dat beten Toverdeenst as

Huusfrisör.

Nu kannst di woll denken, wat se sik allens anhören mutt, wenn se de Lüüd de Hoor maakt. Dor kriggt se meist mehr bi to weten vun uns Dörpleven as ik, un dat will wat heten! Man se höört ehr Kundschaft nie würklich to, hett se mi nülichs verraden, dat is ehr veel to lastig. Liekers mutt se dor jo wat to seggen. Un so seggt se nie wat anneres as: »Wat 'n Malöör!« Du kannst dat glöven orrer nich: Dat passt jümmers! Tominnst in negenti Persent!

Dorbi fallt mi in: Ik mutt jo gau noch vun Ernst Petersen vertellen, de is ook in 't Dörp ünnerwegens, man he nu mit sien Klüterkasten. Dorüm heet he bi uns jo ook Ernst Klüter. He kriggt 'n gode Rent, man wat em böös afgeiht, dat is sien Arbeit. Un so freit he sik jümmers, wenn een Huusfruu na em röppt, he schall ehr gau mal den Waterhahn repareren orrer den tweigahn Stohl wedder heelmaaken. Geld will he denn nie nich hebben för sien Doon. He seggt bloots jümmers: »Mit 'n Söten op jedeen Back bün ik heel un deel tofreden!«

Nu muttst weten, Ernst Klüter is siet Johrn 'n stackels Wittmann. Dor kannst em jo nich verdenken, dat he bilütten geern wedder freen will. He weet ook al wokeen: Elly Frisör! Tweemal de Week lett he sik vun Elly de Hoor scheern un den Bart schrapen! Uns ganz Dörp weet Bescheed un luert dor op, wannehr he Elly nu endlich rümkriegen deit. Man he truut sik eenfach nich! Nich mal üm den lütt Söten op jedeen Back mag he ehr angahn, harr er mal den Föhn heelmaakt orrer 'n annern Klüterkram för ehr daan. Un wat Elly nu will, dat weet se sülven nich. »Eenendeels«, sä se körtens to mi, »bün ik jo al dörch mit de dore Saak, mit Mannslüüd un so wat. Annerndeels«, meen se denn, »in't Öller alleen bleven – dor heff ik ook keen Lust to!«

Annerletzt hett Elly Frisör ehrn Fiefunsösstigsten fiert. Dor sitt uns halvig Dörp to 'n Koffiedrinken in ehr lütt Wohnstuuv. Later stell se denn noch de Köömbuddel op 'n Disch, un denn warrt dat eerst recht kommodig. Ernst Klüter hett düttmal ook düchtig tolangt.

Elly sett sik mal hen to de un mal to den. Dorbi dä se, as höör se to, nickköpp un sä:

»Wat 'n Malöör!«

Jichenswenn full mi wat op un dat weer Ernst Klüter. Ganz suutje maak he sik an Elly ran, un denn vertell he ehr wat mit veel Wöör. Dat's jo gediegen, dach ik noch so bi mi. Man denn is Ernst woll wat rünnerfullen – op Mal krüpp he ünnen op 'n Teppich rüm! Peter Tatü keem em foorts to Help un bück si ook al. Aver in Wohrheit weer Ernst gor nich an 't Söken, duuernd keek he na baven, na Elly!

In düssen Oogenblick is dat op 'n Stutz liesen worrn in Elly ehr Wohnstuuv, un wi all kunnen Ernst sien Wöör hören:

»Elly, wullt du nich mien Fruu warrn?«

Elly speel fohrig mit ehr Halskeed un sä dat, wat se jümmers seggen deit, wenn de Lüüd ehr de Huk vulljammer:

»Wat 'n Malöör!«

Wiss wullt du nu weten, wo dat mit de beid utgahn is? Liekers vun Elly ehr »Malöör« to Untied hebbt se denn doch noch tohoop funnen un sünd Mann un Fruu wurrn. Elly heet nu ook Petersen. Aver förwiss nich in uns Dörp! Wi nöömen ehr Elly Frisör-Malöör, dat is ganz vun sülven so kamen. Un is hüdigendaags so een gediegen Dubbelnaam nich ook recht wat modern?

Ingeborg ehr Droom

Ingeborg is miteens hellwaak, ehr Hart puckert as dull, sweetnatt is se! Dor weer he wedder, de gräsige Droom, de ehr vun Tiet to Tiet överfallen deit. Jümmers düsse Droom un jümmers is dat desülvige:

Se is wedder foffteihn un sitt op de ol Holtbank in ehr Schoolklass. Jüst is de Mathelehrer rinkamen, he sleept hüüt 'n besünners swore Tasch. Ingeborg överfallt een bang Ahnen: Sünd dor woll de Hefte bin för een Klassenarbeit? Bitte, bitte nich, leeve Gott!, denkt se un weet doch liekers, de leeve Gott mutt wiss wat anners doon, as sik üm een bang Deern scheren.

Ingeborg ehr Ahnen hett nich dragen. Herr Dokter Petersen kickt in de Runn, packt sien Tasch ut un ballert den Heftstapel op dat Pult:

»Klassenarbeit«, seggt he knapp, »exakt vierzig Minuten Zeit, danach werden die Hefte eingesammelt! Egal, ob ihr fertig seid oder nicht!«

He is een Sadist, för Ingeborg is dat mal kloor.

Intwüschen sitt se över dat Blatt mit de Opgaven. Ehr Kopp is ieskolt worrn un vullstännig leddig. Dorbi ruuscht dat as'n Waterfall in de Ohrn, de Buuk deit ehr weh un se meent, se schall glieks in de Büx maken. Aver denn gifft se sik 'n Ruck un versökt dat mit Lesen, doch de Bookstaven un Tallen op't Blatt danzen ehr as dull vör den Ogen. In ehr Not schult se na de Banknaversch. Man de höllt gau de Hand vör't Heft, dat Ingeborg jo nich afkieken kann.

»Ich sehe alles!«, wohrschuut in düssen Ogenblick Dokter Petersen, »wer abschreibt, kriegt eine Sechs!«

Een Söss krieg ik so orrer so, denkt Ingeborg in ehr Droom. Wat geev ik dor doch för, dat ik nich mehr to School gahn mutt! Aver Vadder will afsluuts, dat ik mien Abi maken do. Wo geiht dat denn woll mit'n Söss in Mathe? In den anneren Fachen bün ik jo beter. Man Mathe ...! Vadder meent, ik geev mi bloots keen Möh. He will nich glööven, dat ik dor eenfach to dösig för bün!

De gräsige Droom höört denn jümmers dormit op, dat Ingeborg ehr Heft mit leddige Sieden trüchgifft, un Doktor Petersen steiht wieldes as een Rees vör ehr. Akkerat so weer dat ook in düsse Nacht.

Bilütten versökt se, sik wedder to Roh to bringen, ehrn Hartslag rünnertofohren. Is doch bloots een Droom west, begööscht se sik sülven. Man dat hölpt allens nix, de Slaap hett sik afmeldt, se blifft hellwaak.

Egentlich kann se nu jo ook opstahn, sik an 'n Schrievdisch setten un'n beten wat arbeiden. Kloor weer dat bloots een Droom, man he wiest ehr: Dat grote Bangen vun ehr jungen Johrn stickt jümmers noch deep in ehr bin. Aver in Würklichkeit is domals am Enn jo allens noch goot worrn! Dokter Petersen weer in Pengschoon gahn, un se kregen een jungen Lehrer, de horige Matheprobleme op een Oort verklooren dä, dat de Schölers se am Enn ook begriepen kunnen. Sogor de, de vörher meent hebbt, se weern dor afsluuts to dösig för.

Op Ingeborg ehrn Schrievdisch liggt een Huupen Schoolhefte. Meist veertig Klausuren mööt korrigiert warrn. Vun een Grundkurs un een Leistungskurs, un dor warrt vun den jungen Lüüd al veel verlangt. Man Ingeborg hett so een besünnere Method, de Schölers för ehr Fach to intresseren. Op de Hoochschool hett se düsse Oort un Wies nich lehrt. De hett se sik plietsch afkeeken vun den jungen Lehrer in ehr egen Schooltiet, de domals – Gottloff! – Dokter Petersen aflösen dä. Se ehr Schölers weet nu meist gor nix mehr vun een besünnere Aggewars mit Mathe. Se hebbt dor sogor Lust to!

Man bloots goot, denkt Ingeborg, dat dor nüms vun jem een Ahnen hett vun den gräsigen Droom, de ehr ole Lehrerin nachtens vun Tiet to Tiet so dull piesacken deit!

Mien lütt Welt

All mien Fründinnen suust as dull in de Weltgeschicht rüm: Lisa weer annerletzt in Schina, Gertrud hett ehr Dochter in Mexiko besöcht, Erika flüggt jedeen Johr na Greekenland to 'n Wannern, Elke hett sik in Kairo ümkeken un Annelies zuckel mit 'n Wohnmobil dörch Florida.

Nu sünd all wedder trüch, un Vunnamiddag sitt wi söss in min Wahnstuuv tohoop för 'n lütten Klöönsnack.

»Wo weer dat denn so in Schina?«, fraag ik Lisa. »Vertell doch mal!«

»Och«, meent se, «de Klos dor weern jo recht gediegen. Männichmal hebbt se dor gor keen Döör vör, een korte Stück Stoff, dat is allens!« Se kiekt Gertrud an:

»Un wat hest du so in Mexiko belevt?«

»Go mi af mit Mexiko!«, antert Gertrud. »Ik segg bloots: Montezumas Rache! Bün jümmers noch nich wedder op'n Damm! Un denn de Hitt! De Sweet leep mi man so rünner! As 'n Middeleuropäer kannst dat meist gor nich utholen!«

»Muttst ook veel drinken!«, seggt Erika, »ik weet Bescheed vun Greekenland.«

»Un dien Wannern dor – weer dat wedder 'n fein Saak, so as in 'ne verleden Johrn?«, fraag ik.

»Heff düttmal böös Malöör hatt un mi glieks an 'n tweeten Dag den rechten Foot dörchpett«, jammert se, »müss mi denn vun 't Wannern afmellen un twee Weeken den leeven langen Dag an de dore Hotel-Puhl rümgammeln.«

»Dor hest dat jo beter hatt as ik!«, meent Elke. »Ik mutt mi eerstmal wedder oprappeln vun Kairo. Een Verkehr is dat dor, dat kannst di gor nich utdenken! Muttst loopen as een Kanink, wullt du mal över de Straat röver! Un nu ik mit min kaputten Kneen!«

Annelies vertellt vun ehr Reis dörch Florida. Dor harrn se ehr glieks de Kreditkort klaut. Oh, wat för 'n Aggewars se dor denn mit harr – de reinste Krimi!

Jo, simmeler ik so bi mi, hebbt mien Fründinnen ünnerwegens denn nix anneres belevt? Dünnscheet, een dörchpett Foot, gräsigen Verkehr un een klaute Kreditkort kannst ook bi uns hebben un dat recht wat billiger! Dor harrn se doch glieks tohuus blieven kunnt!

So as ik, to 'n Bispill. Un liekers bün ik veel op Tour. Meisttiets mit 'n Bus vun Mömbarg no Kiel un denn ook wedder trüch. Ik segg di, langwielig is dat nienich! Sünnerlich intressant dorbi sünd jo de anner Lüüd. Dat gifft Typen! Nülichst fohr een mit, de brabbel egaalweg för sik hen:

»Nu bremst he wedder!«, sä he, »un nu gifft he Gas – nee, doch nich so dull, Mann! Jo, un nu vull in de Iesen pedden!«

Allens mutt de Mann kummenteern.

»Sühst woll«, sä he to sik sülven un nickköpp tofreden – jüst fohren wi an de HDW-Warft vörbi –, »hebbt se dat doch wedder henkregen un 'n Niebau an Land trocken!«

Een beten dörch'nanner weer he wiss. Aver

wat he so vun sik geev, dat weer afsluuts nich unklook.

»Du Dööskopp«, brabbel he un meen den Steenklopper op de Straat, »worüm treckst keen Hanschen an! Maakst di doch de Hänn to Schann!«

Een anner Mal fohr 'n recht afsünnnerlichen jungen Keerl mit. De grien de ganze Tiet för nix. Miteens rööp he:

»Hüüt gifft dat Snee! Ik freu mi so! Hüüt gifft dat Snee!«

De is doch woll mall, dach ik, Snee in Juli? Eerst later full mi in, he wull sik dor in Gaarden wiss 'n Patschoon Koks afhalen – den sneewitten, versteiht sik.

Nülichst maakt sik 'n schietige Mann in afreten Tüüch an en Kinnerwagen ran:

»Is de Lütt al döfft?«, fraag he denn de junge Mudder driest.

»Nee«, anter de verbaast.

»Dat laat man fein blieven!«, sä de Mann, »he kann jo noch gar nich seggen, dat he dat ook will!«

Annerndags verkünn een stolt:

»Ik bün Weltmeester in Swattfohren! Noch

nienich hebbt se mi faatkregen!«

Na, dach ik so bi mi, tööv du man af!

In min Bus wüllt de Lüüd jo jümmers geern 'n beten snacken. Unvermodens vertell mi körtens mien ol Banknaversch, wo se neegenteihndreeunveertig na dat besett Dänemark henkamen weer. Se schull dor Deenst doon in 'n Lazarett dicht bi Kopenhagen. An de Grenze harr een vun den Töllners ehr wohrschuut: »Du büst nu in Dänemark, mien Deern, un wenn du di hier nich schicken deist, denn …« Se weet dat noch, as weer dat güstern west, schüddkopp se. Se un ehr Fründinnen harrn sik meldt to düssen Lazarettdeenst. De annern twee weern denn na 'n Balkan hen kummandeert worrn. Betherto hett nüms wedder wat hüürt vun jem!

»Dor heff ik jo noch Swien hatt«, sä de Fruu to mi.

Mehrstendeels sünd dat jo Fruunslüüd, de 'n lütten Snack hebben wüllt.

»Dat weer woll nix mehr för mi«, sä de stackelige Oma blangen mi. Unse Bus fohr jüst an 'n künstlichen Iesbahn vörbi mit all den jungen Striedschohloopers.

»Hüdigendaags«, meen se nu nadenkern, »kann ik wiss bloots noch liekuut loopen! Man fröher ... Dor hebbt wi Walzer danzt op 't Ies un Wettloopen maakt lang de Watergrabens mang de Wischen!«

An een koolen Januordaag vertell mi een Fruu vun den Ieswinter sössunveertigsöbenunveertig.

»In Schönbarg«, sä se, »wanner wi de tofreert Ostsee ganz wiet ruut – de groten Hotels an 'n Strand segen al ganz lütt ut! Bi de Küll weern de Fischer jo nu ohn Verdeenst. Aver denn hebbt se Löcker rinhaut in't Ies un dor angelt. Nu hebbt wi domals 'n lütten Hund hatt«, vertell de Fruu, »un de weer in so een Lock rinfulln, een Dackel is jo jümmers böös neeschierig. Dor hett mien Mann sik platt op 'n Buuk leggt, in 't Ieslock rinlangt un uns Bello jüst noch faatkregen!«

Nu segg mi mal: Kannst dor buten in de groten Welt woll ook sodennig intressant Vertellen hören? Nich so licht, dücht mi, un nich op düsse, meist bilöpige Oort un Wies.

Af un an maak ik mi so mien Gedanken

üm de Lüüd, de ik dröppt heff ünnerwegens in min Bus – üm düsse Minschen mit ehr ganz egen Levensgeschicht. Denn fraag ik mi, wo veel vun de ehr Geschichten wiss noch op 't Vertellen luert un afsluuts ruut mutt ... jichenswenn.

Un nu will ik di mal wat verraden: Güstern hebbt se mi doch wohraftig besöcht. Nachtens. In mien Droom. Dor weern wi denn all tohoop: De tüdelige Mann, de allens kummenteern deit, de afsünnerliche »Sneemann«, de schietige Keerl in afreten Tüüch, de junge Mudder mit ehr undöfft Lütt in'n Kinnerwagen, de stolte Swattfohrer, de Oma, de op Striedschoh bloots noch liekuut lopen kann, de Fruu, de de gruliche Krieg överleevt hett, wieldes se nich ook na 'n Balkan hen müss, un de anner een, de ehr Mann den neeschierigen Dackel ut dat Ieslock fischt hatt.

In mien Droom wanner wi nu mit'nanner de tofreert Ostsee ruut. De groten Hotels an 'n Strand segen al ut as Speeltüüch. Un wi wanner un wanner, bet ook dat Speeltüch achter 'n Diek verswunnen weer. Aver op Mal dach ik denn in min Droom: Nu laat uns man beter

gau wedder ümdreihn! So wanner wi all to-
hoop trüch över dat Ies, un de Dackel jachter
jümmers vörruut. Bilütten worrn ook de Ho-
tels grötter un grötter ... Un denn seggt een to
mi:

»Wo is dat denn nu mit Fröhstück?«

Ik maak de Ogen op un seh mien leve Hei-
ner. He grient:

»Büst woll wiet weg west in dien Droom,
mien Deern?«

»Nee«, segg ik, »gor nich mal wiet weg,
bloots glieks üm 'e Eck in Schönbarg!«

Mamsell Elsa

Ook dat noch«, stöhn Vadder, »Tante Elsa will uns wedder besöken! Ohaueha, wo schüllt wi dat man bloots dörchstahn!« He dreiht de Postkoort üm un keek op 'n Stempel: »Dat is jo al vundaag, dat se kümmt!«

Dat liggt nu lang trüch, domals weer ik noch een lütt Deern, un anners as mien Vadder freu ik mi op de Afwesslung, de een Besöök jo jümmers mit sik bringen dä.

Tante Elsa weer Modder ehr teihn Johr öllere Süster, se arbeit as'n Mamsell un verdeen sik dormit ehr Broot.

»Kööksch is se worrn«, schüddkopp Modder, »dorbi is se jo wiss klook as'n Dokter! Hett se denn nich wohraftig wat Beteres warrn kunnt? Nee, Elsa wull in ehr jungen Johrn jo erstmal ruut in de wiede Welt! Na

Hamburg weer se reist un na Berlin, un achteran mutt se sik partu ook noch in Kopenhagen ümkieken! Un to Huus«, vertell mien Modder, »harr se doch de een orrer de annere gode Partie maken kunnt! De Mannslüüd weern jo as dull achter ehr ran, un männicheen vun jem wull ehr op Hänn drägen! Man Elsa dacht so bi sik, heiraden kann ik jümmers noch! Nu, denn jachtern de Johren vörbi un batz harr se de Dörti tofaaten un to'n Frien weer se meist 'n beten wat muchelig worrn!«

Wokeen, spikeleer ik, wull denn woll Tante Elsa ehr tweehunnert Pund afsluuts op Hänn drägen? So 'n Keerl hett doch een an de Luuk hatt! Tominnst müss he jo bannig veel Knööv hebben, dat se beid dor nich noch bi to Malöör kamen dään!

»Du muttst weten, Gerda, dien Tante weer to düsse Tiet noch een ranke junge Deern«, verkloor Modder, »un nich de staatsche Mamsell, de so dick worrn is, wieldes se jümmers allens afsmecken mutt, wat se denn so kaakt hett!«

Se wiest mi een Jugendfoto vun ehr leve Süster. Dor steiht Elsa in een ooltbacksch

Kleed twüschen 'n mickerigen Pottpalm un een afbroken Süül un pliert drömelig in de Gegend.

»Sühst woll, Gerda, wat för een Schöönheit se weer?«, meen Modder. »Un ik weet ook noch, ehr Taillje hett nich mehr as dreeunsösstig Zentimeter hatt! Nipp un nau dreeunsösstig!«

Intwüschen weer Elsa nu bi uns intrudelt. Se seet al in uns beste Stuuv op 't Sofa un vertell, wat se verleden Johr so allens beleven dä. Ik keek ehr an un wunner mi över ehr dree strammen Kinns un de fein Korallenhalskeed, de akraat baven op ehr dicke Bost leeg un bi de Snackeree ganz liesen op un dal hüpp. Jüst sä Tante Elsa to Modder:

»Marga, wieldes ik nu hier bün, schast du di 'n beten verhaaln, du hest dat wiss nödig! Morrn will ik mal Middag kaken.«

Sünndagvörmiddag weer Tante Elsa denn in de Köök togang. Ik keek to, wo se dor hen un herloopen dä.

»Bliev bloots buten, Gerda!«, blaff se mi an,

56

»so een as di kann ik hier afsluuts nicht bruken!«

Se weer würklich düchtig bi't arbeiten in Modder ehr Köök. Vun buten hüür sik dat sogor männichmal an, as smitt se mit Lepels orrer Pottdeckels. Un eenmal weer mi ook meist, dat se dat ole Leed sung »Wenn hier een Pott mit Bohnen steiht un dor een Pott mit Brie ...«

Klock halvig twölv steek se den Kopp ut de Kökendöör:

»Marga, ik bruuk mal fix 'n groten Pott un een lütt witte Dischdook!«

Wo se dat för bruuken dä, wull se aver nich verraden. Liekers bröch Modder de gröttste Pott (dat weer de för de Lüttwäsch) un de nie'e Fierdagsmiddeldeek. Nu müssen wi bloots noch aftöven.

Üm uns Middagstiet sett Vadder sik op sien Stohl an den Essdisch. He luer sachts al op dat fein Eeten vun een studeerten Kööksch un klopp nu vull Ungedüür liesen mit sien Lepel an 'n Töller.

»Dat duert noch 'n beten«, rööp Tante Elsa ut de Köök, »Marga ehr verdreihte Gasherd hett sien eegen Dickkopp!«

Am Enn weer dat meist Klock halvig dree worrn, dat Mamsell Elsa opletzt doch noch to Pott kamen dä!

»Ik heff mi dacht«, sä se vergnöögt, »ik maak mal 'n fein echten Mehlbüddel. De heff ik al lang nich mehr hatt.«

Vadder trock 'n Snuut, man Modder meen fix:

»Mehlbüddel eet ik för mien Leevdaag geern! De hett dat doch ook jümmers tohuus bi uns Modder geven, nich Elsa?«

»Dat is jo villicht 'n Kaventsmann!«, rööp ik heel verbaast.

»Dien Tante«, geev Modder mi Bescheed, »is nu mal grote Patschoonen wennt. Mehrst mutt se doch üm un bi sösstig Lüüd bekaaken!«

»So, un nu«, meen Mamsell Elsa, as wie denn all satt weern un meist nich mehr japsen kunnen, »nu bün ik aver ook mööd un mutt mi för 'n Stünnstiet mal 'n beten henleggen!«

»Jo, dat schasst du woll«, anter Modder, »un besten Dank ook, Elsa! Hest di de heel

Vörmiddag jo bannig afmaracht! Un dorbi büst du doch unse Besöök!«

Jungedie, hett Modder sik verfehrt, wenn se denn in de Köök rinkamen dä!

»Das reinste Schlachtfeld!«, jammer se un snack in ehr Raasch hochdüütsch. »Nüms kümmt hier rin! Blievt bloots buten! Allens is backsig vun Zirup! Un ook dat noch!«, rööp se un dorbi bever ehr Stimm teemlich, ik weer al bang, se kreeg noch dat Wenen. »Elsa hett de Mehlbüddel in mien fein nie'e Dischdook kaakt!«

Vadder versök wieldes, Modder 'n beten to begööschen:

»Dat hett se doch wiss nich böös meent, Marga! As 'n Mamsell mutt dien Süster nu mal jümmers bloots kaken un sünst nix! So kennt se dat! Mit schietigen Pött un Pann un mit Oprümen un Feudeln hett se nix to doon, dor hett se doch ehr Deenstlüüd för!«

Avends reis Tant Elsa wedder af, se müss jo na de Pengschoon, wo se de Mamsell is.

»Dat weer so kommodig bi ju!«, sä se vergnöögt, »aver nu mutt ik fix maken, de Arbeit röppt!«

Ik wunner mi wieldes wedder över ehr dree Kinns, de sachten bever as 'n Wackelpudding, un baven up ehr dicke Bost hüpp de Korallenkeed op un dal.

»Un wenn ik wedder mal to Besöök kamen do«, sä se, »denn kaak ik ju 'n anner fein Middag. Nee, mien lütt Marga«, meen se gootmödig, as Modder gau afwinken dä, »laat man, dat do ik doch wohraftig geern för di!«

Siet düsse Tiet wuss ik, worüm Vadder jümmers stöhnen dä, wenn Tante Elsa een Postkoort schick, se wull uns mal wedder besöken.

Rosi ehr Mathematik

Siet Johr un Dag geiht dat nu al so. Se mööt se sik jümmers kreteln, Rosi un ehr Mann Dieter. Un jedeen Mal geiht dat üm dat Geld. Man diskuteern heet dat Strieden hüdigendaags jo woll un Geld heet nu ook nich mehr Geld, sünnern Finanzen.

Dieter seggt jümmers, Rosi kann dor nich mit ümgeihn un Rosi seggt, he weet jo gor nich, wo düer allns worrn is. Besünners siet de Euro regeert un de Rent bloots noch half so veel weert is.

»Un överhaupt«, stichelt se, »to wat bruukst du in dien Johrn noch dat grote Auto? So een Geländewagen kost veel to veel an Spriet, Stüern un Versekerung! Un dwars un dwer över de Koppeln föhrst dor jo ook nich mit, wenn du mi eenmal de Week na 'n Supermarkt hen kutscheern deist un af un an mal na de Kinner orrer na Tante Edeltraut ehr Plegeheim. De annere Tiet steiht dien grote Auto doch heel verlaaten in 'n Carport rüm!«

Aver dor stänkert Dieter fix gegenan.

»Un worüm muttst du di all Neeslang wat nie'es to'n Antrekken koopen? De Kleederschapp is al vull mit Saaken, kannst di jedeen Dag wat anneres vun utsöken! Un all dat Tüüch kümmt jichenswenn jo doch bloots in 'n Plünnsack rin!«

»De nie'en Saaken«, antert Rosi, »de kööp ik jo nich to mien eegen Vergnögen! De kööp ik doch bloots, dat ik di keen Schann maken do un dat de Lüüd nich denken, du büst 'n Giezknüppel un günnst mi nix!«

För'n Momang het Rosi Dieter mattsett. Op so een gediegen Argument weet he nix to seggen. Rosi sett noch een baven op:

»Stell di bloots mal vör, ik wullt genau as du Dag för Dag in de lieker ol Manschesterbüx un uutleierte Pulli rümloopen!«

Dieter tuckt 'n beten tosamen, de letzten Wöör hebbt sien wunnen Punkt drapen. Jo, mit de uutleiert Pulli mag se woll Recht hebben. Aver op sien Manschesterbüx laat he nix kamen, de is em all de Johrn dörch tru to Deensten ween, de is em so to seggen an 't Hart wussen. As he ehr negenteihntweunnegentig anschaffen dä, hett de Verköper jo ook seggt: »Da werden Sie lange gut von haben, mein Herr!« Un överdreven hett he dor wohraftig nich mit. Nee, vun de trennt he sik noch lang nich!

»Un dien düre Frisörbesöök jedeen Maand wedder«, gifft he ehr nu Bescheed, »is aflsuuts unnödig. »Kiek mi doch an! Ik kümm ook ahn trecht!«

»Jo, dat 's woll wohr«, antert Rosi, kickt em an un smuustergrient, »harr ik so 'n breeden Scheed as du, so een, de vun een Ohr na 't annere geiht, kunn ik wiss ook dat Geld för't Hoorsnieden sporen!«

So geiht dat jümmers hen un her. Aver Rosi scheern düsse Palavers üm dat leve Geld gor nich würklich. Se hett ehr egen Rezept funnen, dat de Familienfinanzen jümmers good utsehn. So to seggen, mutt dat woll beter heeten. Se maakt för sik sülven dat nich anners as männicheen grote Firmenboss orrer as'n Finanzminister dat deit: Mit »kreativ Boken« un »Luftboken«! To'n Bispill söcht se för sik un Dieter 'n bannig düre Reis ut, villicht slaagt se em sogor 'n Krüzfohrt vör. Se weet genau, dor will he nich mit, dor mutt he jo ook sien bilevde Manschesterbüx tohuus laaten.

Un so is Rosi an't Reken: Tweemal tweedusend Euro för 'n Krüzfohrt. Nu aver de Reis <u>nich</u> maaken gifft 'n Verdeenst vun veerdusend Euro! Orrer 'n anner Bispill, dat meist tofällig tostann kümmt: Rosi köfft sik 'n nie't Kleed, dat kost achtunnegentig Euro. To Huus markt se denn, in ehr Kleederschapp hängt al een, dat süht op'n Prick liekers ut. An den annern Daag geiht se nu wedder na Stadt un bringt dat nie'e Stück trüch. Un wenn se denn an de Kass de achtunnegentig Euro insacken deit, högt se sik as 'n Snieder:

»Meist hunnert Euro verdeent! Un dat för nix!«

Emanzipatschoon un de CEE

De twee Frünnen hebbt sik al lang nich mehr sehn, vunmorgen stööt se nu per Tofall in de Hauptstraat op'nanner.

»Moin, Heinzi! Wo geiht di dat? Dat Leven jümmers noch frisch?«

»Moin, Moin! Un di, Gerd, allens noch op de Reeg? Ook bi Gertrud?«

»Danke, mutt jo woll!«

Beid grient sik an, man miteens süüfzt Heinzi 'n poormal luut, un denn kümmt he dormit ruut: He weet nix mit sik anfangen, siet he nu in Rente is. Den Dag över geiht dat jo noch, denn kann he Ilse bi de Huusarbeit tokieken, un mennigmal schickt se em ook to 'n Inkopen na 'n Supermarkt. Man avends överkümmt em denn dat grote Elend. He sitt vör de Glotze un föhlt sik jämmerlich verlaten.

»Un wat is mit Ilse?«, fraagt Gerd, »köönt ji beid denn nich mal 'n Pott Korten spelen orrer na Kino gahn orrer villicht 'n beten wat tosamen snacken?«

»Dor hest du wat seggt, Gerd! Ilse is doch gor nich to Huus! Dat is jüst dat Malöör! Jedeen Avend geiht se to Kurs, de heel Week is se ünnerwegens!«, verkloort Heinzi un kickt echt wat melanklöterig. Gerd warrt meist bang, sien Fründ will glieks anfangen to blarren. Gau fraagt he em:

»Un kannst denn nich mitgahn?«

»Nee, wat denkst du woll! Dat is bloots för Fruunslüüd! Uns wüllt se partu nich dorbi hebben!«, antert Heinzi bedrippst. »‚Emotionales Kompetenztraining‘ heet de een Kurs, de Düüvel weet, wat dat bedüden schall! Een anner heet – un nu hool di fast – ‚Konstruktiv streiten‘! Dat bruukt se doch wohraftig nich eerst lehren!«

»Mi dücht«, meent Gerd nadenkern, »du büst all riep för de CEE!«

»CEE? Is dat 'n Iesenbahn?«

»Nee, pass op! Du musst weten, Keerls mit

dien Problem gifft dat mehr, as du glöövst! Ik höör ook dorto, siet Gertrud den leven langen Dag bloots dat Kumpudern in 'n Kopp hett un Stünn um Stünn in 't Internet-Café in dat Wörldweidwebb rümkarjuckelt. Egon, Werner, Günther, Klausi un all de annern geiht dat nich beter. Dorüm hebbt wi uns nu tosamen daan to uns CEE, dat heet ‚Club emanzipationsgeschädigter Ehemänner'«.

An den sülvigen Avend sitt Heinzi al tohoop mit de CEE-Lüüd. Gerd is de Vörsitter, he buut sik glieks op för 'n Anspraak:

»Leve Liddmaten«, fangt he an, »wi all hebbt dat lieker Problem: Uns Fruuns drievt mit ehr Emanzipatschoon so suutje weg vun uns. Se meent, se harrn lang noog to Huus huken musst, wieldes wi Mannslüüd in de wiede Welt rümströmern dörven. Un nu wüllt se sik ook mal buten den frischen Wind üm de Nääs weihen laten un sik dorbi ook noch sülven finnen, as se dat nöömt. Ik meen, laat se man! Aver«, he kickt eernsthaftig in de Runn, »nich op Kosten vun 't Familienleven! Jüst nu, wo wi Rentners endlich Tiet hebbt för uns

Fru, hett se keen Tiet mehr för uns! Dat mööt wi ännern!«

De CEE nickköppt un brummelt: »Düsse verdüvelt Emanzipatschoon! Is doch ook ahn ehr gahn!«

Man Gerd is noch nich to Enn mit sien Reed:

»Ik meen, wi schüllt düssen trurigen Tostand as 'n Schangs begriepen. Wi wüllt nich as 'n arm Stackel in de Sofaeck vergammeln! Mannslüüd: Ruut ut de Rentner-Depreschoon! Warrt wedder intressant för ju Fruuns! Haalt se trüch in 't Huus!« He süüfzt: »Dat warrt keen eenfache Saak, dor mööt wi uns fix wat infallen laten!«

»Jo«, seggt Egon, »ik weet ook all wat: Du musst ehr af un an mit wat överraschen, mit 'n fein kaakt Eten, Lichter, liese Radiomusik un so wieder!«

»Un du schast di ook mal nett antrecken«, meent Werner, »nich jümmers in dien ole Joggingbüx rümlopen!«

»Jo«, nickköppt Günther, »dat 's mal kloor! Wenn du dien Fruu in 't Huus trüchhalen wullt, schast du ehr 'n netten Anblick gönnen!«

»Un goot rüken musst du ook«, röppt Krischan.

»De roden Rosen nich vergeten«, meen Egon wichtig, »Fruunslüüd sünd rein dull na rode Rosen!«

»Ik spikeleer jüst, dat ik mie villicht 'n eische Ünnerbüx kopen schull«, seggt Klausi liesen

»Wat schall dat denn nu?«, fraagt Heinzi.

»Wat dat schall, du Döösbaddel?«, roopt all dörch'nanner, »dat is doch dorför, wenn dat Kunzept vun 'n gelungen Avend opgahn deit!«

»Wi hebbt noch wat vergeten!«, seggt Klausi. »Wi schüllt uns Fruu af un an seggen: Ik heff di leev!«

»Dat«, meent Heinzi, »is nu doch woll afsluuts unnödig!«

»Wat meenst du, wo nödig dat is!«, antert Klausi, »Fruunslüüd luurt dor jümmers op! Un denn musst du ook mal seggen, wo smuck se hüüt utsüht un so wat!«

»Jo, leve Lüüd«, meldt Gerd sik wedder, »dat

sünd allens feine Ideen. Man ik denk meist an annere Saken. We köönt doch uns Fru bi ehr Arbeit in 't Huus hölpen. To 'n Bispill de Wäsch maken un denn ook plätten un Finster putzen orrer ahn groot Gedööns de swore Buddelkist slepen! Denn hebbt beid achterna ook wedder mehr Tiet för'nanner.«

De CEE-Liddmaten sünd wieldes ganz hibbelig wurrn un snackt as dull dörch' nanner. De een will 'n fein Kokenrezept weten, de anner fraagt na 'n Adress för 'n schnieken Antog un söss wüllt sik na 'n Huushöller-Crashkurs ümkieken. Se köönt all gor nich aftöven, dat se denn nu endlich loosleggen dörvt.

»Jo«, meent Gerd, »ik glööv, op düsse Oort un Wies kann dat villicht funkschoneren. Un wat de dore Emanzipatschoon angeiht – hett de blangenbi nich ook bi uns för 'n frische Bries sorgt? Wi besinnt uns, wat wi an uns Fru hebbt. Op uns ole Daag versöökt wi nu ganz nie'e Saken, hebbt Ideen un wedder goden Moot! Un as ook mien kloke Grootmodder dortomals jümmers seggen dä: Allns in't Leven hett twee Sieden! Mi dücht, mennigeen

glöövt bloots, he hett de grulich Uul tofaten,
bit he gewohr warrt, jüst he is de mit de söte
Nachtigall!«

Aus: »Wat den een sien Uul ...«
Herausgegeben vom NDR
2001 Wachholtz Verlag Neumünster

Abdruck mit freundlicher Genehmigung
 des Verlags

Snack
mal wedder
Platt!